THE CLONE WARS

© Hachette Livre, 2010, pour la présente édition.
Conception graphique du roman : Laurent Nicole.
Mise en page : François Hacker
Traduction : Jonathan Loizel
Hachette Livre, 43, quai de Grenelle, 75015 Paris.

THE CLONE WARS

Le piège de Grievous

hachette
JEUNESSE

Les planètes de la galaxie doivent choisir leur camp : s'allier aux Séparatistes ou aider les Jedi à protéger la République ? Un seul clan survivra à cette guerre. Le vainqueur contrôlera la galaxie tout entière, et fera régner la paix ou la terreur...

Les Jedi

Anakin Skywalker

L'ancien padawan d'Obi-Wan est devenu un Chevalier Jedi impulsif et imprévisible. Il a une maîtrise impressionnante de la Force. Mais est-il vraiment l'Élu que le Conseil Jedi attend ?

Ahsoka Tano

Yoda a voulu mettre Anakin à l'épreuve : il lui a envoyé une padawan aussi butée et courageuse que lui… Cette jeune Togruta possède toutes les qualités nécessaires pour être un bon Jedi, sauf une : l'expérience.

Les Jedi

Général Jedi,
il commande l'armée
des clones. Il est reconnu
dans toute la galaxie
comme un grand guerrier
et un excellent négociateur.
Son pire ennemi est
le Comte Dooku.

Maître Yoda

C'est probablement
le Jedi le plus sage
du Conseil.
Il combat sans relâche
le Côté Obscur de la Force.
Quoi qu'il arrive,
il protégera toujours
les intérêts de
la République.

Les clones de la République

Ces soldats surentraînés
ont tous le même visage
puisqu'ils ont été créés
à partir du même modèle,
sur la planète Kamino.
Le bras droit d'Anakin,
le capitaine Rex,
est un clone aussi entêté
que son maître !

Les Séparatistes

Cette ancienne Jedi
a rapidement préféré
le Côté Obscur
de la Force. Elle est la plus
féroce des complices du
Comte Dooku,
mais surtout, elle rêve
de détruire Obi-Wan.

Le Comte Dooku

Il hait les Jedi.
Son unique but est
d'anéantir la République
pour mieux régner
sur la galaxie. Il a sous
son commandement
une armée de droïdes
qui lui obéissent
au doigt et à l'œil.

Le Général Grievous

Ce cyborg
est une véritable
machine à tuer !
Chasseur solitaire,
il poursuit les Jedi
à travers toute
la galaxie.

Darth Sidious

Il ne montre jamais son
visage, mais c'est pourtant
ce Seigneur Sith qui dirige
Dooku et les Séparatistes.
Personne ne sait d'où il vient
mais son objectif est connu
de tous : détruire les Jedi
et envahir la galaxie.

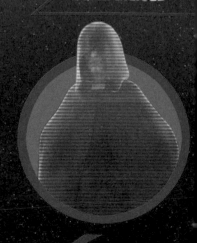

CHAPITRE 1

La fin

Kit Fisto fulmine tandis qu'il entre dans l'atmosphère de Coruscant à bord de son Chasseur Delta-7B. *Grievous va me le payer très cher… Je vais le détruire.*

Coruscant est presque entièrement recouverte de gratte-ciel et ne ressemble en rien au monde d'où vient Kit Fisto. Glee Anselm, sa planète d'origine, est calme et isolée du centre de la galaxie et constituée d'eau et de marécages.

Ces planètes sont radicalement différentes, mais Kit se sent chez lui autant sur l'une que sur l'autre. Il est né sur Glee Anselm, et siège en tant que membre du Conseil Jedi sur Coruscant.

Alors que les bâtiments effilés de la cité de Coruscant se profilent à l'horizon, Kit réfléchit. D'habitude, cette vue déclenche aussitôt un grand sourire sur le visage du Nautolan. Mais aujourd'hui, c'est différent. Il a des informations inquiétantes à donner au Conseil, et ne se sent pas très à l'aise…

Il se rend au Temple Jedi. Depuis des milliers d'années, ce lieu abrite le Conseil Jedi. Le Temple a été construit sur une Force Nexus, un endroit où la Force est incroyablement concentrée, et plus précisément sur une montagne appelée le Pic Sacré.

Le Temple est une impressionnante structure de presque cinq cents mètres de hauteur qui surplombe l'ensemble de la cité galactique. Un pilier central entouré de quatre autres plus petits domine le tout. Chacun d'entre eux symbolise une étape dans la formation des Jedi, et surplombe les différents quartiers du temple. Le quartier de la Connaissance est très important pour l'entraînement des apprentis. Le quartier du Conseil abrite le Conseil Jedi. Celui des Affectations est l'entrée réservée au public. Et le quartier de la Réconciliation dispose de plusieurs jardins.

Kit entre dans la grande salle du Conseil Jedi baignée de soleil. Maître Yoda et Mace Windu occupent deux des douze sièges for-

mant un cercle. Mace Windu est très impressionnant. Son regard sombre et fixe ne trahit presque jamais ses émotions. Kit n'arrive pas à lire dans l'esprit du Maître Jedi, même en s'aidant des quatorze excroissances de sa tête qui lui servent à analyser les pensées des personnes.

— Qu'est devenu ton ancien padawan ? demande Maître Windu lorsqu'il remarque le deuxième sabre laser accroché à la taille de Kit.

Le regard baissé vers sa ceinture, celui-ci ne peut pas s'empêcher de repenser à tout ce qui s'est passé…

Le Conseil Jedi les avait envoyés à la recherche du Vice-Roi Nute Gunray, un Némodien, un membre haut placé de l'Alliance Séparatiste qui dirige la Fédération du Commerce.

Les Séparatistes sont les ennemis des Jedi et de la République Galactique. À leur tête se trouve le Comte Dooku, un Seigneur Sith qui était un Maître Jedi avant de basculer du Côté Obscur de la Force.

Nute Gunray avait été capturé par la République et s'apprêtait à être jugé sur Coruscant pour les crimes qu'il avait commis. Mais les troupes du Général Dooku l'ont aidé à s'évader à bord d'un navire républicain volé. Et c'est comme ça que tout avait commencé…

CHAPITRE 2

Le début

À bord de son vaisseau, Kit Fisto parvient à retrouver la trace de Gunray grâce au signal émis par le navire. Il se trouve dans le système Vassek, sur une planète remplie de cratères. Quand Kit sort de l'Hyperespace, un voyant se met à clignoter sur son tableau de bord.

— *Bip ! Bip !* fait R6-H5, inquiet.

—Je sais que nous sommes au beau milieu de nulle part, R6, le rassure Kit. Mais c'est le signal de la République que nous cherchions depuis si longtemps ! Appelle le poste de contrôle de la Bordure Extérieure.

Quelques instants plus tard, des holo-grammes apparaissent dans le cockpit de l'appareil. Il s'agit du Maître Jedi Luminara Unduli et de sa padawan, Ahsoka Tano.

— Maître Luminara, annonce Kit. J'ai re-trouvé la trace du navire volé de la Républi-que.

— Vous n'êtes pas le seul. Nahdar Vebb, votre ancien padawan est déjà là-bas, répond le Maître Jedi Mirialan.

— Je suis content de revoir Nahdar !

Cela fait bien longtemps que la guerre a séparé le Maître de son élève.

— Je transmets les coordonnées du point de rendez-vous, annonce Ahsoka. Au fait, Maître Fisto… Je suis désolée qu'on ait perdu la trace de ce traître visqueux de Nute Gun-ray !

Kit lui fait un clin d'œil.

— Ne t'en fais pas, Ahsoka. Nous allons bientôt mettre la main sur lui !

— Bonne chasse ! répond la jeune fille en souriant, avant que l'hologramme ne disparaisse.

La troisième lune du système Vassek est une planète rocheuse recouverte de mousse qui regorge de canyons aux falaises escarpées. Une épaisse couche de brouillard flotte en permanence au-dessus de la lune.

Le Chasseur de Kit pénètre dans le ciel brumeux et se pose au bord d'un gigantesque canyon.

Une fois en sécurité sur le sol, R6-H5 se met à biper nerveusement en faisant tourner le sommet de sa tête.

— *Bip ! Bip !*

— Je ne vois rien non plus, souffle Kit. Tout va bien se passer, R6. Continue à surveiller les environs, tu veux bien ?

Kit saute de son vaisseau et avance dans le brouillard. Il fait quelques pas et tombe sur un navire de guerre de la République qui a atterri au même endroit. Un personnage dont le visage est dissimulé par une capuche se tient devant lui, entouré de clones de combat.

La silhouette s'avance et rejette sa capuche en arrière, révélant ainsi les grands yeux et le crâne allongé qui lui font une tête de poisson caractéristique des habitants de la planète Mon Calamari. Elle s'incline devant Kit.

— Nahdar, mon ancien padawan ! s'exclame Kit avec le sourire. Tu as passé les tests pour devenir Chevalier Jedi, félicitations ! Je suis désolé, à cause de la guerre je n'ai pas pu terminer ton entraînement.

Chez les Jedi, la tradition veut qu'un apprenti reste avec son Maître jusqu'à ce que ce dernier sente qu'il est prêt à se présenter devant le Conseil Jedi pour passer les tests. Ces épreuves s'appliquent à tous les padawan que le Conseil estime dignes de devenir des Chevaliers Jedi. Les quatre tests sont très éprouvants, à la fois pour le corps et l'esprit. Avant de leur donner officiellement le statut de Chevaliers Jedi, le Conseil doit s'assurer que les apprentis sont capables de contrôler leurs pouvoirs et leurs sentiments.

— Vous m'avez manqué, Maître, répond Nahdar avec respect. C'est toujours un honneur de servir à vos côtés en tant que Chevalier Jedi.

Un des clones, le Commandant Fil, s'adresse à Kit.

— Monsieur, nous avons localisé le signal émis par le navire, annonce-t-il en observant un petit radar portatif. Il se trouve à l'extrémité Sud de ce canyon.

Fil pointe du doigt une direction dans le brouillard. Kit se tourne pour regarder, mais la brume est tellement épaisse qu'il ne voit pas à un mètre devant lui ! Il jette un œil vers Fil et sourit.

— Allons voir ça.

— Laissez-moi vous y conduire, intervient Nahdar en levant les bras.

Grâce au pouvoir de la Force, le Calamari dissipe le brouillard, révélant ainsi une structure nichée à l'opposé du canyon. C'est une inquiétante forteresse de pierre entourée de brume et creusée à même la roche.

— Charmant, lâche Kit ironiquement. Ne faisons pas attendre le Vice-Roi.

Kit et Nahdar prennent le chemin du repaire.

— Niner, Bel ! Occupez-vous des vaisseaux, ordonne le Commandant Fil. Les autres, venez avec moi.

Fil et trois autres clones rejoignent les Jedi et, tandis qu'ils avancent, le brouillard se referme sur eux comme s'il les avalait.

Pendant ce temps, R6-H5 bipe d'un air triste en regardant Kit s'éloigner.

CHAPITRE

3

Le repaire

L'équipe menée par Kit s'approche discrètement de la forteresse. C'est une gigantesque structure sans portes ni fenêtres apparentes. On dirait qu'elle n'est faite que d'énormes blocs de pierre.

— Pas de gardes. C'est étrange ! remarque Kit en observant la construction.

— On dirait que l'entrée est scellée, ajoute Nahdar.

Le Commandant Fil tire un détonateur thermique de sa ceinture.

— Tant mieux, nous savons comment créer des ouvertures.

Nahdar ne veut pas se laisser dépasser par les initiatives du Commandant. Il s'empare de son sabre laser.

— Ceci fera moins de bruit.

— Patience, tous les deux, reprend Kit. Il faut encore chercher...

Le Maître Jedi continue à observer le mur jusqu'à ce qu'il arrive à un endroit lisse qui n'est pas recouvert de mousse. Kit a l'impression que cette partie du mur a été touchée très récemment.

— Qu'est-ce que c'est ? demande-t-il en appuyant sa main sur la pierre.

Ce geste déclenche un mécanisme, et un gros rocher s'écarte pour révéler une entrée secrète dans le mur. Kit se tourne en souriant vers Nahdar et les clones.

Le Maître Jedi et ses compagnons entrent dans la forteresse et s'engagent dans un couloir étroit et sombre. Le chemin part dans plusieurs directions qui mènent à des portes fermées ou qui semblent ne jamais se terminer.

— Vous sentez ça ? demande l'un des clones.

— Je pense que ce ne sont pas des droïdes, lui répond un autre. Il fait trop sombre pour voir quoi que ce soit.

Les clones allument les torches de leurs casques tandis que Kit continue de progresser dans le couloir. Nahdar et ses hommes le suivent de près. Brusquement, le Maître Jedi s'arrête.

— J'ai senti quelque chose là-bas, annonce Kit.

Les clones jettent des regards autour d'eux mais tout est silencieux. Ils n'entendent pas d'autre bruit que celui du vent qui s'engouffre dans les interminables couloirs.

— Les scanners ne détectent rien, monsieur, dit le Commandant Fil.

Kit et Nahdar observent attentivement les alentours. Ils savent qu'il y a quelque chose tout près d'eux car leurs sens sont bien plus développés que ceux d'un scanner. Soudain, un grognement monstrueux retentit dans le labyrinthe de tunnels.

— Ça, c'était bien réel, remarque l'un des clones.

Kit se déplace rapidement sur le côté et remarque une porte ouverte d'où s'échappe une forte lumière. En se rapprochant, le groupe distingue également une voix qu'ils connaissent bien.

— Que les droïdes soient sur leurs gardes ! ordonne Nute Gunray. Il faut être prêt à tout.

— *Roger, roger*, répond un droïde de combat.

Kit fait un signe de la main à Nahdar et ils entrent ensemble par la porte, avant de grimper un escalier qui mène vers la source de lumière.

En haut des marches, ils débouchent sur une vaste salle remplie de piliers dont les vitres offrent une vue imprenable sur le canyon embrumé. Les vitres blindées permettent aux rayons de lumière de passer dans la pièce.

Une imposante chaise est installée face à elles. Les Jedi ne distinguent pas Gunray mais l'entendent donner des ordres aux cinq droïdes de combat qui se tiennent devant lui.

Kit et Nahdar entrent dans la salle, tandis que les clones se faufilent entre les piliers. Les deux Jedi s'avancent alors vers le centre de la pièce.

— Euh, Vice-Roi. Les Jedi sont ici ! lance l'un des droïdes.

— Je sais bien qu'ils sont là, crie Gunray. Depuis qu'ils sont sur mes traces, ils ne me laissent jamais tranquille !

Le droïde est de plus en plus nerveux.

— Ils sont derrière vous, reprend-il.

— Quoi ? Où ça ? s'exclame Gunray. Faites quelque chose ! Tirez-leur dessus !

Les droïdes se mettent en position de combat. Pendant ce temps, les quatre clones surgissent aux côtés des Jedi.

— Est-ce que tu as déjà tué un Jedi ? demande un droïde à un autre.

— Non, jamais.

— Moi non plus.

Les deux robots réfléchissent quelques instants avant d'ouvrir le feu. Kit dévie habilement un tir de laser sur l'un des deux droïdes et le détruit du même coup.

Un autre droïde se fait prendre au piège, entouré par les clones et les Jedi, plus nombreux.

— N'y pensez même pas, espèces de clowns de la République ! lance le droïde en les menaçant tour à tour avec son arme.

Sans perdre de temps, les clones tirent tous

en même temps et le droïde explose en mille morceaux.

Nahdar charge les deux derniers droïdes et se débarrasse d'eux à l'aide de son sabre laser. Il utilise ensuite la Force pour envoyer au loin les débris.

Le jeune Jedi se tourne vers Kit, qui lui lance un regard mécontent.

— Je pensais t'avoir appris à te retenir, non ? lui demande celui-ci, inquiet du comportement agressif de son ancien padawan.

— Désolé, Maître. Je me suis laissé emporter, répond Nahdar, conscient que la colère a pris le pas sur son jugement.

— Ceux qui possèdent la Force doivent l'utiliser avec précaution, continue Kit.

Le jeune Jedi a encore beaucoup à apprendre.

Tout en discutant, les deux Jedi se rapprochent chacun d'un côté de la chaise de Gunray.

— Lieutenant ! crie Gunray. Est-ce que vous les avez eus ?

Kit arrive près de la chaise mais Nahdar le devance et lève la main. Il se sert de la Force pour la faire pivoter.

— Non, mais nous vous avons eu, vous ! s'exclame-t-il.

— Vous n'avez rien eu du tout, stupides Jedi ! ricane Gunray.

Lorsque la chaise se tourne vers eux, les Jedi se retrouvent face à l'hologramme du Vice-Roi.

— Bienvenue dans votre tombeau !

L'hologramme clignote avant de disparaî-

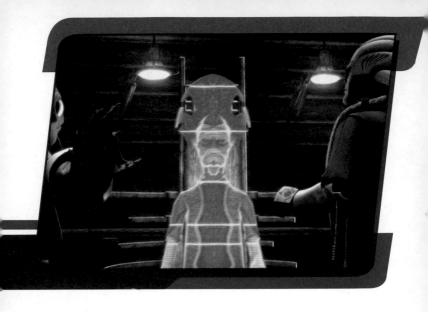

tre. Un petit boîtier radar est posé sur la chaise. C'est lui qui émet le signal que Kit et Nahdar ont suivi jusqu'ici !

— Il savait que nous allions venir, lance Nahdar.

— J'aurais dû me douter que Gunray ne serait pas là, commente Kit tout en analysant leur situation. Il est tellement lâche et peureux qu'il serait parti en courant dès notre arrivée !

À ce moment-là, une voix jaillit de l'émetteur posé sur la chaise, à côté du radar :

— Je m'excuse de vous décevoir, Maître Jedi.

— Comte Dooku, répond calmement Kit tandis que l'hologramme du Seigneur Sith apparaît à son tour. Vous êtes toujours là où on ne vous attend pas.

— Quel dommage que vous ayez fait autant de chemin pour rien, réplique le Comte Dooku. Puisque vous n'avez pas réussi à capturer le Vice-Roi, laissez-moi vous offrir un lot de consolation… J'espère que vous serez à la hauteur…

L'hologramme disparaît avant que le Jedi ait le temps de répondre. Soudain, un petit voyant se met à clignoter sur l'émetteur.

— C'est peut-être un piège, souffle un clone tandis que les Jedi échangent un regard.

Kit observe le bouton et sourit.

— On dirait que Dooku essaie d'attirer quelqu'un ici, et que nous sommes son appât.

— Mais pour qui ce piège a-t-il été mis en

place ? demande Nahdar tout en se penchant pour appuyer sur le bouton.

Une porte massive s'ouvre alors presque instantanément dans le mur opposé. Les Jedi aperçoivent un couloir obscur.

— On y va ? demande Nahdar.

— Cet endroit ressemble à la tombe d'un étrange guerrier, remarque Kit en s'aventurant dans le couloir.

Les murs du tunnel sont décorés de trois statues représentant une créature aux trois différentes étapes de sa transformation. La première est un guerrier extraterrestre, la seconde un combattant amélioré mécaniquement, et la troisième est la plus terrifiante. Il s'agit d'un extraterrestre entièrement transformé en un monstrueux cyborg.

Les deux Jedi restent devant la dernière

statue pendant quelques instants, puis Kit prend la parole :

— Nous sommes dans le repaire du Général Grievous.

CHAPITRE 4

Appât

Le vaisseau de combat du Général Grievous sort de l'Hyperespace et arrive devant la troisième lune de Vassek. Il pilote son Chasseur vers la surface constellée de cratères et s'apprête à amorcer sa descente lorsqu'un voyant s'allume sur son écran de contrôle. Grievous émet un grognement et presse un bouton.

L'hologramme du Comte Dooku apparaît.

— Oui, mon Seigneur ?

— Général, cette guerre nous mène à une impasse et c'est inacceptable. Nous craignons que vous ayez perdu de vue votre objectif ! Lord Sidious réclame davantage de résultats et de Jedi éliminés.

— Vous voulez que je tue plus de Jedi, rétorque Grievous d'un air agacé, mais tout ce que vous me donnez pour y arriver, ce sont des droïdes de combat.

Pendant ce temps, sur la troisième lune de Vassek, les Jedi et les clones continuent leur progression et s'enfoncent toujours plus profondément dans la forteresse de Grievous.

— Ça doit être des trophées, remarque Nahdar, visiblement mal à l'aise devant une vitrine contenant des dizaines de sabres laser. Il a dû les prendre aux Jedi qu'il a tués ! Il y en a vraiment beaucoup…

Kit est trop occupé à réfléchir pour réconforter son ami.

— Pourquoi est-ce que Dooku tendrait un piège à son meilleur Général ? Ça n'a aucun sens.

Nahdar relève la tête de la vitrine.

— Est-ce que nous sommes vraiment l'appât ? Ou bien est-ce Grievous ?

— Ce que nous devons trouver en priorité, c'est à qui est destiné ce piège, répond Kit.

Ils sont interrompus par le récepteur de Kit qui grésille et le prévient d'une communication.

— Monsieur, votre droïde vient de détecter un vaisseau en approche, annonce Niner, l'un des clones posté en observation à l'extérieur de la forteresse. Il correspond à la description de celui du Général Grievous, et il se dirige vers nous !

— Restez à couvert et attendez mes ordres !

Nahdar ne parvient pas à contenir son excitation.

— Si on capture Grievous, ça pourrait changer le cours de la guerre ! s'exclame-t-il.

— Et s'il ne se doute pas de notre présence, ajoute le Commandant Fil, on pourrait lui préparer une petite surprise.

— Ne sous-estimez pas Grievous, les prévient Kit. Nous allons avoir besoin d'un plan.

Justement, le Général Grievous est arrivé à sa sinistre forteresse. Il bondit d'un Turbolift et poursuit son chemin le long d'un couloir sombre.

— Gardes ? Gardes ! hurle-t-il, en cherchant les gardes Magna qui devraient l'accueillir.

D'un air frustré, Grievous appelle alors son animal de compagnie.

— Gor ! Gor ! Où es-tu ?

Agacé, il frappe du pied sur le sol. Mais avant qu'il n'ait le temps de réagir, Kit surgit

devant lui avec deux clones. Accompagné de deux autres soldats, Nahdar jaillit sur les côtés et se rapproche de Grievous, pris au piège.

— Bienvenue chez vous, Général, lance Kit avec le sourire, son sabre laser vert activé. J'ai bien peur que vous ne deviez vous rendre. Coopérez et le Sénat aura peut-être pitié de vous.

— Moi, en tout cas, je n'aurai aucune pitié pour vous ! grogne le Général.

Il active aussitôt ses deux sabres laser et attaque les Jedi.

Cependant, les parois du couloir sont trop étroites pour qu'il puisse être libre de ses mouvements. Les Jedi ont bien choisi le lieu de leur embuscade. Kit et Nahdar attaquent Grievous de chaque côté, tandis qu'il fait sortir deux de ses autres bras, eux aussi armés de sabres laser. Il fait pivoter son corps sur le côté afin de pouvoir se battre en même temps contre les deux Jedi qui ont bien du mal à contenir ses assauts.

— Les grappins ! crie Kit aux clones qui se trouvent à ses côtés.

Les clones armés de grappins au bout desquels un câble est fixé tirent sur Grievous, transperçant sa jambe.

Le Général tranche l'un des câbles à l'aide de son sabre laser mais Kit l'empêche de se débarrasser de l'autre. Les deux autres clones qui soutiennent Nahdar tirent à leur tour et deux autres grappins se plantent dans la jambe de Grievous.

Les clones agrippent le câble de toutes leurs forces. Ils essaient de maîtriser Grievous

mais le Général se défend comme une bête
féroce.

— Ne le laissez pas s'enfuir ! ordonne le
Commandant Fil à ses hommes.

Fil s'avance en renfort en direction des câbles tandis que les clones luttent pour retenir
Grievous.

— Attention, il veut couper les câbles ! prévient Kit en esquivant une attaque.

Le Jedi se concentre et tranche la jambe du
Général Séparatiste d'un mouvement précis
de sabre laser.

Grievous est sur le point de s'écrouler sur le sol lorsqu'il trouve assez d'énergie pour bondir et s'accrocher à un tuyau au plafond. Les clones tirent violemment sur les câbles et le font retomber au sol. Le Général commence alors à avancer à la force des bras, mais Nahdar se met en travers de son chemin.

— Ne m'oblige pas à te tuer, le menace le jeune Jedi.

Kit observe son ancien apprenti d'un œil inquiet lorsqu'il comprend que Grievous se prépare à engager un duel au sabre laser avec Nahdar. Kit bondit et désarme habilement le Général.

Le Général Séparatiste empoigne de sa main libre les câbles qui le retiennent, et tire dessus de toutes ses forces, ce qui attire les clones, qui se cognent contre Nahdar et le déséquilibrent.

—Venez me chercher ! hurle-t-il en repoussant Kit sur les clones d'un coup de pied.

Nahdar pense que c'est le bon moment pour asséner le coup final à Grievous. Il

s'avance avec son sabre laser mais le Général saisit un clone et s'en sert comme d'un bouclier entre lui et le jeune Jedi.

Nahdar Jedi est surpris et ne sait pas quoi faire. Grievous s'est créé une ouverture et en profite pour projeter le clone sur Nahdar. Puis il fonce sur le Commandant Fil, tandis que les clones ouvrent le feu. Un de leurs tirs atteint le masque du Général mais il n'est pas gravement touché. Avec l'agilité d'un insecte, Grievous poursuit son évasion dans le couloir et se met rapidement hors de portée.

Kit se relève et se lance immédiatement à sa poursuite.

— Attrapez-le ! ordonne Nahdar aux clones.

Suivi par Fil et un autre clone, le jeune Jedi se met à courir dans un des couloirs, tandis que les deux derniers clones empruntent le tunnel dans lequel Kit s'est engouffré.

Fil et Nahdar parviennent à localiser Grievous à une intersection. Le Commandant Fil ouvre le feu mais ne réussit pas à l'atteindre.

De son côté, Kit entend les tirs de laser et se

précipite dans leur direction. Mais lorsqu'il arrive, il se retrouve face à deux clones. Ils sont morts, et Grievous doit être tout proche. Kit continue sa progression.

CHAPITRE

5

Blessé

Grievous se dissimule derrière l'angle d'un mur pour s'assurer qu'il n'est pas suivi. Il appuie sur plusieurs pierres et une porte cachée dans le mur s'ouvre. C'est un passage secret ! La porte se referme rapidement derrière lui et, quelques instants plus tard, il n'y a plus aucune trace du passage !

Les Jedi se retrouvent peu après et doivent admettre que Grievous a disparu. Kit et Nahdar se regardent : le jeune Jedi est

furieux d'avoir perdu la trace du Général
Séparatiste.

— Les clones m'ont gêné ! J'aurais pu
l'avoir, commence Nahdar d'un air agacé.

— Occupons-nous des blessés, lui répond
Kit, inquiet de voir son ancien padawan perdre le contrôle de ses émotions.

— Docteur ! Où êtes-vous ? hurle Grievous
en sortant d'une trappe qui débouche sur
une vaste salle.

Un énorme poste de commande se dresse au centre de la pièce. Grievous se relève avec beaucoup de difficulté, tandis que de la fumée s'échappe de son armure aux endroits où il a été touché.

Un A4-D, un modèle de droïde médical, arrive dans la salle en roulant.

— Bonjour, chef. Regardez un peu ce que les Jedi vous ont fait ! lance-t-il. Quel désastre ! Quel malheur ! Je vais passer le reste de mes jours à vous remettre sur pied.

Grievous l'observe d'un air impatient, il n'est pas vraiment d'humeur à plaisanter.

— Ne m'en voulez pas, chef, continue le droïde, mais si vous étiez un meilleur combattant, nous n'en serions pas là. Je vais aller chercher des pièces détachées.

Le robot s'éloigne. Six droïdes d'apparence humanoïde sont suspendus au plafond par des câbles de recharge. Ce sont les terribles gardes du corps du Général Grievous : les gardes Magna qui auraient dû l'accueillir à son arrivée.

— Que leur est-il arrivé ? demande Grievous.

— Ils ont été désactivés pour pouvoir être rechargés, explique A4-D. Il me semble que c'est vous qui en avez donné l'ordre.

Grievous lance un regard suspicieux au droïde, puis active un bouton sur le mur. Les yeux des six gardes Magna s'allument aussitôt. Les câbles se détachent et les droïdes descendent pour se poster autour du Général Séparatiste.

— Verrouillez les paramètres ! ordonne-t-il avant de se diriger vers la chaise où le droïde médical va le réparer.

Il active ensuite une des caméras de contrôle et l'image de Kit et Nahdar apparaît à l'écran. Les deux Jedi sont agenouillés à côté d'un clone.

— Laissez-moi m'occuper de Grievous, Maître, demande Nahdar.

— Patience, Nahdar. Tu n'es peut-être plus un padawan, mais tu n'es pas encore prêt à affronter Grievous.

Le Maître Jedi analyse la situation.

— Il est temps de nous retirer, conclut-il avant de rebrousser chemin.

Kit guide Nahdar et les clones hors du labyrinthe, mais tandis que le groupe s'approche de la sortie du repaire de Grievous, une énorme porte de pierre se ferme rapidement. Les Jedi veulent faire demi-tour pour emprunter une autre sortie, mais ils entendent les autres portes qui se ferment les unes après les autres. Ils sont coincés !

Kit et Nahdar échangent un regard inquiet.

— Je suppose que le combat est inévitable à présent, remarque Kit.

Le Commandant Fil appelle les clones qui surveillent les vaisseaux.

— Ici base de surveillance pour le vaisseau, annonce Fil dans son émetteur. Contactez la flotte stationnée à Besteene et informez-la que nous avons besoin de renforts. Le combat contre Grievous a commencé.

Quelques instants plus tard, ils entendent une formidable explosion dans le récepteur.

Kit allume le sien, mais il n'entend que les *bips* désespérés de R6-H5.

— Sors de là, R6. Maintenant ! ordonne Kit.

CHAPITRE 6

Combat mortel

Un hologramme apparaît devant les Jedi dans le couloir.

— C'est terminé pour vous, lance Grievous.

— Pourquoi ne vous joignez-vous pas à nous, Général ? Montrez-nous à quoi ressemble l'hospitalité des Séparatistes, répond Kit.

— Un peu de patience, ricane Grievous. En attendant, profitez de ce que j'ai à vous offrir. C'est une surprise spécialement réservée aux

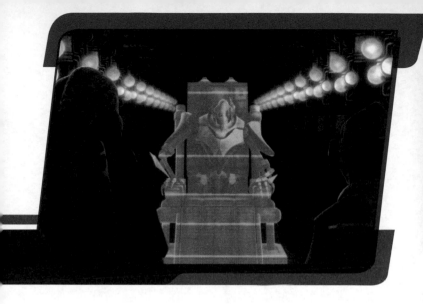

invités indésirables, comme vous !

L'hologramme disparaît tandis qu'un bruit se met en route. Soudain, le sol se dérobe sous les pieds des Jedi, révélant un véritable brasier. Grievous a mis en place un piège : c'est un incinérateur !

Les Jedi bondissent sur le côté à la vitesse de l'éclair, mais les clones ne sont pas aussi rapides et tombent dans l'incinérateur. Le Commandant Fil réagit tout de suite et envoie son grappin sur le bord du gouffre. Le câble se tend et le Commandant s'arrête juste au-dessus des flammes ! Malheureusement, l'autre clone n'a pas cette chance...

Nahdar se précipite aussitôt pour remonter Fil, mais une substance visqueuse sur le sol ne lui facilite pas la tâche. Dangereusement, il glisse vers le trou. Sans hésiter, Kit bondit à ses côtés et, ensemble, ils parviennent à sauver Fil.

— Général, lance Kit en direction de la caméra pointée sur eux, je sais que vous nous observez. Nous avons découvert toutes les subtilités de votre demeure, et sachez que nous ne sommes pas du tout impressionnés.

Le rire lugubre de Grievous résonne dans l'obscurité.

— Très bien, Jedi. Excellent. Vous allez m'offrir un spectacle parfait...

Dans les profondeurs du labyrinthe, une porte sombre et recouverte de bave s'ouvre lentement. Une créature monstrueuse se trouve derrière, tapie dans l'obscurité. La bête s'avance dans le couloir, révélant ainsi son apparence hideuse. Le Roggwart se tient

sur ses deux pattes arrière. Il laisse échapper un long grognement sourd, tandis qu'il agite ses griffes et sa queue en forme de trident.

A4-D s'approche du Général Grievous avec un chariot de pièces détachées.

— Chef, les pièces de votre armure commencent à refroidir. Et contrairement à ce que vous pensez, j'ai autre chose à faire.

— Commencez mes réparations ! rétorque Grievous avec agacement.

Le droïde médical pousse un bouton de

la chaise de Grievous. Des pompes hydrau-
liques se mettent en marche tandis que la
chaise pivote et s'allonge comme une table
d'opération.

A4-D observe Grievous.

— Je me demande parfois pourquoi vous
n'avez pas refusé ces modifications, commen-
te-t-il sans vraiment attendre de réponse.

— Ces modifications, je ne les ai pas subies,
je les ai choisies ! hurle le Général. Maintenant, occupez-vous de moi.

Le droïde médical active la table d'opération, et des bras mécaniques sortent des côtés
pour se mettre à travailler. L'un d'entre eux
arrache le grappin de ce qui reste de la jambe
mécanique de Grievous pendant qu'une pince
remplace le bras abîmé par un neuf.

Une petite paire de pinces se pose sur le
masque de Grievous.

— Ça va être un peu désagréable, prévient
A4-D.

Le Général Séparatiste pousse un hurle-
ment de douleur lorsque les pinces arrachent

son masque, révélant les restes balafrés de son vrai visage.

— Soyez sur vos gardes, avertit Kit Fisto en entendant le terrible grondement du Roggwart. C'est peut-être quelque chose de bien plus dangereux que Grievous lui-même.

Soudain, la bête féroce apparaît dans le couloir et bondit vers eux avec une agilité surprenante.

— On dirait que vous aviez raison, monsieur, répond le Commandant Fil en pointant son arme vers la bête.

La peau de la créature est tellement dure que le sabre laser de Kit rebondit et lui échappe des mains. Il fonce le récupérer tandis que Fil prépare son arme.

— Tirez, Commandant ! crie Nahdar.

Fil vise et atteint le monstre, qui ne semble pas touché par les tirs de laser.

Nahdar s'accroche au Roggwart lorsqu'il passe à côté de lui et grimpe sur son dos, mais la bête se cabre et éjecte le Jedi. Puis

le monstre attrape Fil à l'aide de sa queue pointue et le soulève pendant que Nahdar tente de faire diversion en lui assénant des coups de sabre laser, mais le jeune Jedi est encore une fois projeté au sol. Kit active alors son sabre laser et parvient à transpercer la peau de la créature, qui se relève immédiatement. Le Commandant Fil est toujours retenu prisonnier par la queue du monstre qui le frappe contre le sol.

Le Roggwart s'apprête à envoyer une nouvelle fois Fil sur le sol lorsque Nahdar lui tranche la queue. Kit en profite pour lui couper la patte avant d'un coup de sabre.

La bête s'effondre en hurlant de douleur et Kit l'achève sans perdre de temps. Nahdar se tient à côté du corps du Commandant Fil. Le Jedi serre fermement son sabre dans sa main.

— Grievous va me le payer. Je vais le détruire, lance-t-il avec rage.

Kit observe son ancien élève et voit la colère dans son regard.

— Je comprends ta douleur, mais tu oublies tout ce que tu as appris. La vengeance ne fait pas partie de notre enseignement.

Nahdar fait face à Kit et pointe du doigt le Commandant Fil.

— Mais nous sommes en guerre et les choses ont changé. Maintenant, il faut répondre par la force.

— C'est peut-être toi qui as changé… réplique Kit.

Le Maître Jedi se demande si l'entraînement de Nahdar a été assez long. Il n'a sans

doute pas passé suffisamment de temps avec son padawan. Nahdar n'était peut-être pas prêt à devenir un Chevalier Jedi.

— Allons-y, lance Kit. Il faut continuer.

Grievous se redresse sur sa table d'opération. Ses yeux durs lancent des éclairs derrière son nouveau masque.

— Voyons si Gor a terminé de s'amuser avec les Jedi, commence Grievous en observant l'un des écrans de contrôle.

La moitié d'entre eux ne montrent qu'une image statique. Aucun signe des Jedi ni des clones.

— Où sont-ils ? s'écrie le Général.

Soudain, son regard se pose sur un écran. Gor, sa bête de compagnie, est étendue sur le sol, morte. Grievous hurle de colère. A4-D s'approche et désigne un bouton qui clignote sur le panneau de contrôle.

— Maître, vous avez un appel du Comte Dooku.

Grievous appuie sur le bouton et l'hologramme du Comte apparaît devant lui.

— Général, commence le Comte. Je crois savoir que les Jedi ont infiltré votre repaire.

Grievous plisse les yeux et fixe Dooku d'un regard dur.

— Vos récentes déroutes contre les Jedi commencent à me faire douter de votre aptitude à mener l'armée droïde, continue Dooku. Je suis sûr que vous comprenez mon besoin de m'assurer à nouveau de vos compétences.

— C'est VOUS ! hurle le Général Grievous. Vous avez désactivé mes gardes Magna ! Et vous avez guidé les Jedi ici ! Vous avez fait tout ça pour me tester ?!

Dooku semble se délecter de la colère de Grievous.

— J'espère que vous sortirez vainqueur de cette mission. Il est temps de faire vos preuves.

Grievous désactive l'émetteur holographique avant que Dooku ne puisse continuer.

— Très bien, Comte, dit-il en se levant de la table d'opération. J'accepte votre petit défi.

A4-D se met en travers de son chemin.

— Vu l'état dans lequel vous vous trouvez, le prévient-il, vous devriez vous reposer.

— Je me reposerai quand j'aurai tué ces Jedi, grogne Grievous avant de se diriger vers la trappe secrète où l'attendent ses gardes Magna.

Pendant ce temps, deux paires d'yeux l'observent dans l'obscurité.

Les Jedi regardent Grievous effectuer une combinaison sur les morceaux de pierre de la porte pour la verrouiller.

Ils attendent que le Général Séparatiste et ses gardes soient partis pour se rendre devant la porte secrète.

— Vous aviez raison, Maître, lance Nahdar. Cette sortie doit mener à la salle de contrôle.

Kit sourit tandis que le jeune Jedi entre la combinaison pour ouvrir le passage.

A4-D est occupé à nettoyer les panneaux de contrôle dans la salle lorsqu'il aperçoit les Jedi sur l'un des écrans.

— Oh, mais que vois-je ? Des invités indésirables, s'exclame le droïde en activant le système de communication. Maître, les Jedi

que vous cherchez s'apprêtent à entrer dans la salle de contrôle !

Kit et Nahdar entendent qu'ils ont été repérés !

— Nahdar, allons-y. Vite ! l'appelle Kit en entrant par la porte secrète.

— Non. Allez-y, vous, réplique Nahdar. Je vais les retenir.

— Ce n'est pas le moment de discuter.

Kit peut presque sentir la colère de son ancien padawan.

— Nous ne pouvons pas nous enfuir, reprend Nahdar, empoignant son sabre laser. Il faut en finir.

— Nahdar, maintenant !

C'est trop tard. La porte de la salle de contrôle se referme, emprisonnant Kit à l'intérieur, tandis que Nahdar se retrouve dans le couloir. Le jeune Jedi se retourne et active son sabre laser pour faire face à Grievous et ses gardes Magna.

— J'attendais ce moment avec impatience !

— Nahdar ! crie Kit de l'autre côté de la porte.

Mais son ancien padawan est coincé et Kit ne peut rien faire pour lui.

Nahdar engage le combat dans le tunnel et fonce sur les gardes Magna. Il distribue les coups de sabre laser et se débarrasse de deux gardes. Un troisième droïde l'attaque, mais le Chevalier Jedi est concentré, et utilise la Force pour le désarmer et le détruire.

— Félicitations, jeune Jedi, lance Grievous en sortant de l'ombre.

Nahdar en termine rapidement avec le quatrième droïde et se retrouve face au Général Grievous.

— Où est donc passé ton Maître ? demande celui-ci en scrutant le couloir.

— Vous le saurez bien assez tôt, réplique Nahdar en chargeant.

Grievous active deux sabres laser et bloque l'attaque du Jedi.

— Vous ne pouvez pas tous nous battre, ajoute Nahdar tandis que le Général le repousse.

— Bien sûr que si !

Grievous bondit vers l'avant et ricane tandis qu'il fait tournoyer ses sabres d'une façon menaçante.

Nahdar parvient à parer l'attaque du Général, mais sa colère grandit encore alors qu'il lutte pour se défendre. Ses émotions commencent à prendre le dessus et il se sent de plus en plus guidé par la Force.

CHAPITRE

8

La victoire

Dans la salle de contrôle, A4-D observe le combat sur un écran.

— C'est ça, chef, tuez-le ! s'écrie-t-il avant de s'arrêter net.

Mais, où est passé l'autre Jedi ?

Le droïde jette un œil à un autre écran : Kit arrive derrière lui !

— Oh non !

Kit lui tranche la tête d'un coup de sabre laser, puis se précipite vers le panneau de

contrôle pour trouver un moyen de sauver son ami. Il le voit en train de se battre avec le terrible Général Grievous.

Nahdar bloque les deux sabres de Grievous avec le sien et le combat semble s'équilibrer. Mais soudain, Grievous active un de ses bras dissimulés et attrape une arme.

Nahdar baisse le regard mais son sabre est bloqué et il ne peut rien faire pour se défendre. Grievous lui envoie un tir de laser et le Jedi s'écroule à terre, mortellement touché.

— Non ! crie Kit depuis la salle de contrôle, incapable de faire quoi que ce soit pour aider son ancien padawan.

Grievous se penche au-dessus du corps de Nahdar et ramasse le sabre laser. Un trophée de plus !

Kit ne supporte pas cette vision mais il sait qu'il ne doit pas laisser ses émotions le contrôler. Ce n'est pas la voie des Jedi.

Grievous lève la tête vers la caméra de sécurité.

— Je vais tous vous tuer ! hurle-t-il. Vous m'entendez, Jedi ? Vous m'entendez ?

Au même moment, le récepteur de Kit se met à grésiller. C'est R6-H5 qui est revenu le chercher avec son vaisseau.

— Retrouve-moi à la plate-forme d'atterrissage sud, explique Kit.

— *Bip, bip,* fait R6-H5.

— Je viens vous chercher, Fisto ! crie Grievous face à la caméra.

Kit plisse les yeux et appuie sur plusieurs boutons du panneau de contrôle. À l'intérieur du labyrinthe, tous les pièges de Grievous s'activent.

— Je serai déjà parti quand vous arriverez, répond le Maître Jedi en donnant un violent coup de sabre laser dans le panneau de contrôle.

Puis il sort de la salle et se dirige vers le bord de l'aire d'atterrissage pour retrouver R6-H5. Soudain, il sent quelque chose, mais avant qu'il n'ait le temps de réagir, un sabre laser vient frôler ses pieds.

C'est Grievous ! Il est suspendu à la roche, juste en dessous de Kit, les griffes métalliques de ses pieds plantées dans la pierre, et l'a attaqué en traître, par le bas. Le Général bondit sur la plate-forme tandis que de la fumée noire s'échappe de son armure.

— Vous partez déjà ? lance Grievous en se postant devant Kit.

Ses quatre sabres laser rayonnent tout autour de lui. Kit émerge du brouillard et engage aussitôt le combat contre son ennemi, tandis que le Général fait tourner ses sabres pour faire reculer le Jedi.

Kit bondit par-dessus la tête de Grievous. Le Général se retourne en donnant de rapides coups de sabre mais Kit a à nouveau disparu dans le brouillard ! Le Maître Jedi réapparaît derrière le Général Séparatiste et active son sabre laser derrière Grievous, qui parvient à bloquer l'attaque juste à temps.

— Vous deviez être un excellent guerrier autrefois, le provoque Kit. Aujourd'hui, vous n'êtes plus que la marionnette de Dooku.

— Mes pouvoirs sont immenses, stupide Jedi !

Kit attaque le Général avec une rapidité impressionnante et réussit à le désarmer de l'un de ses quatre sabres laser, qui s'envole avant de retomber dans la main du Jedi. Il reconnaît l'arme de Nahdar.

— Ces pouvoirs ne feront que vous détruire, rétorque Kit.

Le Jedi active le deuxième sabre et attaque à nouveau Grievous. Grâce à son habileté au combat, Kit parvient à repousser son ennemi. Mais les gardes Magna apparaissent comme par magie et Kit est obligé de reculer.

— On dirait que le pouvoir change très vite de mains, lance Grievous. Rendez-vous et je vous promets de vous tuer rapidement.

Kit se baisse et éteint son sabre laser en signe de défaite.

Le Général l'observe d'un air victorieux lorsque Kit lui sourit et effectue un saut périlleux arrière pour atterrir sur l'aile de son vaisseau !

Le Jedi s'installe dans le cockpit et entend Grievous hurler à ses droïdes :

— Arrêtez-le !

Mais les gardes Magna sont impuissants : il a réussi à s'échapper.

— Rentrons, R6, lâche Kit tandis que son sourire s'efface.

Grievous regarde le vaisseau du Jedi disparaître dans le brouillard et, quelques instants plus tard, un hologramme du Comte Dooku apparaît derrière lui. Le Général se retourne.

— Comte Dooku. J'ai vaincu les Jedi.

— La victoire contre les clones et le jeune

Jedi sont des choses normales, répond Dooku. Mais l'élimination d'un membre du Conseil des Jedi vous aurait valu toute ma reconnaissance.

Grievous reste silencieux, à la fois gêné et furieux.

— Kit Fisto s'est échappé, explique-t-il finalement.

Le Comte ne semble pas du tout impressionné et toise le Général.

— Vous pouvez encore vous améliorer, reprend Dooku avant que son hologramme ne disparaisse.

Grievous laisse échapper un grognement de frustration : il a déçu son Maître.

CHAPITRE

9

Fin

De retour sur Coruscant, Kit se dirige donc vers la salle du Conseil Jedi.

Maître Yoda et Mace Windu l'ont appelé pour apprendre les détails du déroulement de sa mission.

Lorsqu'ils demandent à Kit ce qui est arrivé à son ancien padawan, le Jedi se contente de baisser les yeux vers le sabre attaché à sa ceinture, et pense à Nahdar, son ami.

— Son cœur était pur, répond finalement

Kit avec fierté. Mais il a opposé sa force à celle de Grievous.

Maître Yoda l'observe tout en hochant la tête.

— À la force répondre par la force, l'habitude des Jedi n'est pas. Dans cette guerre, de perdre nos valeurs, nous risquons…

Fin

Prêt pour de nouvelles aventures intergalactiques ? Alors tourne vite la page !

La guerre des clones est loin d'être terminée : les Jedis protègent la République dans le 7e tome, *Le plan de Darth Sidious*

Quand les Jedi découvrent que des vaisseaux Séparatistes sont construits sur Kynachi, officiellement neutre, le Chevalier Jedi Ring-Sol Ambase décide de mener l'enquête. Mais Nuru Kungurama, son padawan, est inquiet pour lui. La Force lui fait pressentir qu'il court un grave danger…

Pour connaître la date de parution de ce tome, inscris-toi vite à la newsletter du site

www.bibliotheque-verte.com !